coordenação editorial
Sálvio Nienkötter

editora-adjunta
Isadora M. Castro Custódio

editor executivo
Daniel Osiecki
Raul K. Souza

capa | projeto gráfico
Paula Villa Nova

produção
Cristiane Nienkötter

Dados Internacionais de Catalogação na Publicação (CIP)
Angélica Llacqua CRB-8/7057

Souza, Marco Aurélio de
Assombro Zen | Marco Aurélio de Souza
Curitiba: Kotter Editorial, 2020.
88 p.

ISBN 978-65-80103-87-4

1. Poesia brasileira 1. Título "Assombro Zen"

CDD B869.1

20-1317

Kotter Editorial
Rua das Cerejeiras, 194
82700-510 | Curitiba/PR
+55 41 3585-5161
www.kotter.com.br | contato@kotter.com.br

1ª edição
2020

ASSOMBRO ZEN

MARCO AURÉLIO DE SOUZA

APRESENTAÇÃO

Ao perambular por uma rua qualquer da cidade, com ou sem saída, uma questão pode atravessar de repente o caminho do poeta, a um só tempo contemplativo e desconfiado: que arquétipo poderia compreender, em amplitude e profundidade, o que vulgarmente denominamos de real? Como uma trilha que se percebe destinada para várias direções, a pergunta ecoa em outras perguntas, que reverberam, inclusive, nos próprios termos que as compõem.

Compreender e denominar são verbos que denotam ações complementares que nem sempre obedecem a uma mesma ordem. Muitas vezes, o entendimento antecede o seu próprio batismo. Outras vezes, a compreensão é filha problemática da designação. E, em outros momentos ainda, só entendemos as palavras ao permitir que suas formas se imprimam em nossos lábios e seus sons escorram por nossas tintas. Crianças silenciosas adotadas por pais e mães hereditariamente verborrágicos.

Surpreendentemente, essas vias e encruzilhadas de manipulação semântica exemplificam a vacuidade dos signos e de seus familiares. A sequência de letras e sílabas, por si mesma, nada quer dizer. Mas nós queremos. E por isso atribuímos significados a um conjunto de símbolos arbitrários e arbitrariedades simbólicas. Afinal, o que significa um ideograma japonês para alguém que não domina os traços da língua e as tonalidades do seu som? Em qualquer sociedade ou comunidade, inscrevemos conteúdos nos grafemas para que nossas experiências não se tornem vazias de possibilidades de escrita. Ou ilegíveis para nós mesmos.

De certa forma, o mesmo acontece com o que convencionamos chamar de realidade. Assim como as palavras, o real existe empiricamente. Podemos tocá-lo e denominá-lo. Compreendê-lo, no entanto, exige um esforço de abstração, que se dá inevitavelmente pela linguagem e em confronto com ela. Os sentidos e os vazios das palavras do mundo e do mundo das palavras se multiplicam em encruzilhadas que, com suas direções emolduradas por espelhos, refletem a nossa própria carência de sentido.

É justamente o que os poemas deste livro expõem de forma ao mesmo tempo lírica e raivosa, bela e degradada, cotidiana e metafísica. Ou seja, complexa e aparentemente vazia como a existência. Sempre pronta a começar ou a terminar com um grito agudo na madrugada.

Uma das acepções do termo zen se refere a uma experiência direta do real. As palavras estabelecem uma conexão com o que elas substituem. Mas qual realidade, dentre tantas passíveis de serem nomeadas, é a que encontramos ao longo dos trinta e oito passos que formam esta antológica ponte? É uma realidade que (talvez mais do que qualquer outra) carece de abstração e de poesia. Nela, a violência, a criminalidade e a miséria são sempre signos arbitrários. E, por meio deles, Marco Aurélio abre os nossos olhos para o que certamente já foi visto, possivelmente nomeado, porém ainda não compreendido.

Mas de que forma? Com qual forma?

Roland Barthes afirmou que o haikai não afirma nada, apenas propõe experiências e impressões por meio da linguagem capturada em forma fixa que, por sua vez, enclausura aspectos do mundo e os organiza em sílabas poéticas. Nessa visão, os poemas seriam flashes do real aprisionados pelos versos. Diante dos nossos olhos, entretanto, a linguagem não se restringe à ilustração e invade as esferas da recriação e da ressignificação de realidades. E, assim, o vazio da forma se converte em fôrma. A ausência de sentido se transforma em explosão de múltiplos sentidos. E o haikai se transmuta em anti-haikai.

Cabe lembrar, ainda, que a poética de Marco Aurélio não se propõe a erradicar a incompreensão ou solucionar todos os desvios da língua e da sociedade. Cada leitor deve seguir os destinos de suas próprias trilhas e as imagens de seus próprios reflexos. Após a leitura, porém, o horizonte das coisas que tentamos nomear e compreender pode ter se alargado muito com o lirismo brutal e a tranquilidade violenta das próximas páginas. Porque a experiência do real, matéria-prima e objetivo de toda linguagem, existiu. E o assombro permanece.

Evanir Pavloski

1.

Da janela um poeta captura o real
Bala perdida
Parentes choram seu haikai inacabado

2.

Facas avançam sobre glóbulos felinos
Arde um miado
Crianças brincam de ocultismo no quintal

3.

O dançarino do desejo
Pisa estilhaços de garrafa na boate
Um tiroteio nubla a aurora boreal

4.

Lua de carne estremece no bordel
Coca com sêmen
Por dentro o corpo lavra novas agonias

5.

Cantigas de roda
Corre o esgoto em pés descalços
Ratos celebram o final de uma pelada

6.

Serenata de bêbados sob a lua cheia
Juras de morte
Súbito o clima na quebrada fica tenso

7.

Extrema-unção & pesticida
Balanceado é o câncer
Da natureza morta

8.

A saia longa não impede o pecado
: na liturgia animal
Entoa cantos de louvor o estuprador

9.

No fim de tarde um haikai vira grafite
Piás de rua fumam crack
O Pai se omite

10.

Gritos escuros no porão do casamento
O coração de uma criança
Habita fechaduras

11.

No coração da procissão
Culpa & alívio
É funeral de outra vítima do tráfico

12.

O som dos pássaros emula a paz de Buda
Boca sinistra
O Demo abafa outra voz que pede ajuda

13.

Cigarra ao pé do morro
Samba bem longe
Sapecam pelos de um X9 incendiado

14.

Na várzea um raio preguiçoso
Rompe a névoa da manhã
Moscas repousam na carniça derruída

15.

Na saída da balada
Um sem teto uiva à madrugada
: jovens de bem limpam marquises

16.

No linchamento a dentição ensanguentada
Sorri aos olhos da manada celular
Chuva de likes

17.

Onde o choro do bebê na madrugada?
O pai sonâmbulo aquece a mamadeira
Na explosão do edifício

18.

Luzes enfeitam a cidade no Natal
Comerciantes solicitam assistência
Homens-dejetos no passeio

19.

No beco a vista de um poente açucarado
Sangue & gemido
A arma branca enfim recebe alguma cor

20.

Um raio avulso denuncia a tempestade
Pipas se acalmam
Fogos informam a fartura da favela

21.

No vácuo amargo da barriga
A eternidade ameaça o seu rugido
Uma explosão arma o silêncio no mocó

22.

Capôs tingidos pelo branco da geada
Corote em mãos
Furtiva lágrima evita a hipotermia

23.

No centro velho a cidade saciada
Regurgita seu fastio
Pipocam putas pelos bares de biombo

24.

Medo & murmúrio à cabine do banheiro
Vermelho é o ponto do tricô
Um feto afoga na descarga da maré

25.

Vidraças rompem o torpor da madrugada
Pânico em casa
Psicopatas rezam missas no além

26.

É preto & pobre & agoniza na favela
Vida que segue
Mesmo o melhor policial às vezes erra

27.

Placas alertam a curva perigosa
Marcas de freio
Desfigurado um corpo atrai sua plateia

28.

Sai do barraco o conselheiro tutelar
Ecoam berros da mãe louca
Que ficou

29.

Ao chão as folhas amarelas do Ipê
Pálido pólen
Cheira outonos um playboy estacionado

30.

Hasteada no infinito a estrela
Das bandeiras –
Índios esmolam sob a luz de outro sinal

31.

Lusco-fusco & salto-alto
Um não ecoa
No tímpano da morte

32.

Isto não é um cachimbo
Uma lata é uma lata é uma lata
Até que a pedra nos separe

33.

Fincada na lama
A placa comunica o desvio
: realpolitik

34.

Fardados brincam de ceifar erva daninha
Cães desesperam pela ausência
Do amigo

35.

Sob o efeito estimulante
Da coca andina & da conta na suíça
Um projeto de país sobe ao palanque

36.

Sereno o céu amadurece
Em meio à brisa
Quando o malaco limpa a faca na camisa

37.

No vai e vem da marginal
Flores no asfalto
Crime culposo – alegou novo juiz

38.

Bonsai de fogo à explosão do infinito
Assombro zen
Mortes são números que brotam nos jornais

SOBRE O AUTOR

Marco Aurélio de Souza nasceu em Rio Negro, Paraná, no ano de 1989. É autor de Os touros de Basã (contos, 2019), Anjo Voraz (poemas, 2018), Travessia (poemas, 2017), Conexões Perigosas (romance, 2014) e O Intruso (romance, 2013). Publicado em diversos periódicos e antologias, integra a coletânea de novos contistas 15 formas breves, editada pela Biblioteca Pública do Paraná. Graduado em História (UEPG), mestre em Linguagem, Identidade e Subjetividade (UEPG) e doutor em Estudos Literários (UFPR), atualmente, é professor na rede pública de educação. Atua como editor no selo Olaria Cartonera e mantém a página de crítica de poesia contemporânea O Pulso – decálogos sobre a poesia viva. Vive em Ponta Grossa/PR.

Impresso em papel polen bold 90gr/m², tipologia
Adobe Caslon Pro 12/14, no verão de 2020.